KB266838

지금 이 순간을 좋아해

# • 프롤로그 (Prologue)

서로 다른 자리에서 같은 마음을 품은 스물두 명의 색깔이 모이며
누군가는 햇살을 오래 붙들었고, 누군가는 바람이 스치는 순간을 기다렸고,
누군가는 사람의 온도를 조용히 기록했습니다.

빛이 조금 번져도 괜찮습니다.
초점이 완벽하지 않아도 괜찮습니다.

스물두 명의 색깔은 각기 다른 온도로 빛났지만,
한 권의 책 안에서 서로를 덮지 않고 나란히 놓였습니다.

스물두 명의 우리가 각자의 자리에서 셔터를 눌렀습니다.
스물두 개의 시선이 모여 하나의 문장이 되었습니다.

**"지금 이 순간을 좋아해."**

완벽해서 좋아하는 것이 아니라,
지금이라서 좋아하는 것.

이 책이 당신의 책장 어딘가에서
천천히 바래가더라도,

우리의 청춘이 당신의 오늘을 조금 더 따뜻하게 현상해 주기를.

지금,
당신은 어떤 순간을 좋아하나요?

## **Photographer : 첫 번째**

# 그리니

지금 이 순간을 좋아해

# Greeny



여행 중 뉴욕에 머물며 맞이했던
'Day off'의 기록을 모은 작품들입니다.

빠르게 흘러가는 시간 속에서
잠시 멈춘 순간의 따뜻함을 담았습니다.

초록빛이 스며드는 시간,
노을이 말을 걸던 저녁,
바람이 스치던 도시의 한 모퉁이.

이 사진들이
누군가의 하루 끝에 작은 휴식이 되기를 바랍니다.

# The New York Times

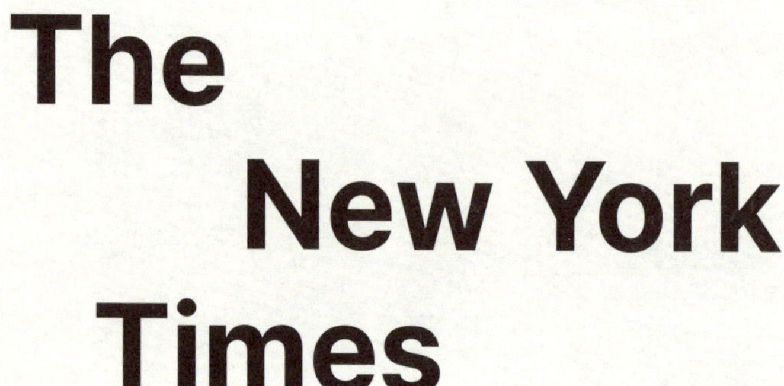

캐나다 어학연수 중,
잠깐의 여유를 틈타 떠난
1박 2일의 뉴욕 여행.

악명 높다던 입국 심사에 괜히 긴장했지만,
다행히 큰 문제 없이 무사히 통과했다.

늦은 밤에 출발해 새벽 공기를 가르며
달리는 버스 안에서 설렘을 안고 쪽잠을 청했고,
눈을 뜨니 TV속에서만 보던 도시
뉴욕이 내 앞에 펼쳐져 있었다.

New York City
I'm Super Hero

# Bryant Park

화려하고 복잡한 타임스퀘어를 조금만 벗어나면
전혀 다른 리듬을 가진 작은 공원이 모습을 드러낸다.

그곳, 브라이언트 파크

화려함의 끝자락 바로 옆에서
사랑스러움과 고요가 나란히 숨 쉬는 모습을 보며
나는 뉴욕을 더 깊이 사랑하게 되었다.

Lovely
Day

# 뉴욕은 언제나 수많은 얼굴을
# 가진 도시였다

차갑고 높은 회색의 빌딩 사이,
갑자기 틈처럼 나타나는 푸르고 다채로운 공원
*Central Park*

## "*Walts*"

근사한 옷을입고
음악에 맞춰 왈츠를
추는 사람들

자유로우면서
조금은 낭만적인 모습이
마치 영화 속 한 장면같다.

난간에 기댄 채
휴식을 취하는 소녀,
가녀린 몸짓으로
조용히 균형을 잡아낸다.
그 모습은 의도하지 않은
하나의 퍼포먼스처럼 보였다.

## "*Ballet*"

# 센트럴파크의 매력은

아름다운 풍경과 그 안에서 살아가는 다채롭고 개성있는 사람들
그들이 만들어내는 작은 이야기들이
나에게 뉴욕을 특별한 도시로 기억하게 했다.

## " *Bubbles* "

아무도 신경쓰지않지만
비눗방울 만들기에
열중하는 모습

어딘가 히피스러운 분위기의
그녀는 도시의 소음 속에서
조용히 자기 세계를
펼치는 예술가 같다.

## " *Joyful* "

그녀가 비눗방울을 만들어 올릴 때,
아이들은 기다렸다는 듯
환호하며 달려갔다.

비눗방울을 터뜨리려
뛰어오르는 작은 손들,
그 순간의 웃음과 사소한 행복감이
마음에 가득차는 하루였다.

The Sunset

거대한 빌딩 숲
사이로 스치는
사람들,

각자의 개성과
이야기가 살아있는
도시

화려하고 차갑게만
보이던 거리에서는

뜻밖의 미소와,
조용한 배려,

말로 다 담기지 않는
사람의 온기가
흘러간다.

빛과 그림자가 얽힌 그 하루들이 지금도
내 마음 어딘가에서 천천히 번지고 있다.

1박 2일의 짧은 여행이 남긴
감정의 잔향은 아직도 사라지지않은 채
마치 다시 돌아가려는 마음처럼 오래 머문다.

# Photographer : 두 번째

# 그린향기

나는
계절을 지나며
사진을 찍는다.

봄에는 기다림을,
여름에는 숨을 고르고,
가을에는 머무르고,
겨울에는 견딘다.

이 책은
내가 바라본 사계절이자
사계절을 통과한
나의 기록이다.

사진여행자 @그린향기

@hyanggi1027

봄의 흩어짐

바람이 불자
봄은 말없이 흩어졌다.
나는 그 방향을 순간
바라보고 셔터를 눌렀다.
봄은 떨어질 때
가장 예뻤다.

봄밤

이 밤은 혼자가 아니었다.
불빛이 있어서가 아니라
함께여서,
밤은 덜 어두웠다.

셔터 앞의 봄

이 계절은
눈보다 먼저
필름에 남기고 싶어졌다.
봄은 너무 빨라서
카메라를 먼저 들게 된다.
봄을 향해
셔터를 누르다.

여름의 한 페이지

햇빛을 피해
책 한 페이지를 넘기듯
여름을 쉬어간다.
이 오후는
서두르지 않아도 됐다.
봄이 흩어지고 난 뒤
여름은
이렇게 조용히 시작됐다.

담장 위의 계절

무더운 여름은
색으로 먼저 다가왔다.
여름의 온도는
주황빛 이 색 어디쯤이었다.

낙화 이후

여름은
이렇게 조용히
바닥으로 내려 앉았다.
나는
피어 있는 꽃보다
떨어진 여름에 더 오래 머문다.
여름이
스스로 자리를 비우면
가을은 조용히 들어온다.

빛의 속삭임

오후 햇살이
꽃잎을 스치며 이야기한다.
"오늘도 충분히 아름다웠다고"

가을의 숨결

저물어 가는
계절의 끝,
햇살은 마지막 온기로
꽃잎을 감싼다.

빛이 머무는 시간

가을의 아침은
나를 재촉하지 않는다.
잠시 멈춘 시간 속,
빛이 흐르고
마음이
고요해진다.

빛의 틈에서

도시의 골목
평범한 하루의 틈새,
그 곳에서
나는
따뜻한 시간을 보았다.

노을이 머문 서울

이 도시는
해가 기울어도
멈추지 않는다.
차가운 계절에도
노을은
늘 따뜻한 방향으로 진다.
겨울의 오후는 늘
빛으로 하루를 정리한다.

도심의 겨울

겨울의 나는
하루가 끝난 뒤의 골목에 선다.
불빛 아래 흩어지는 눈을 보며
말 대신 숨을 고르고,
오늘을
조용히 보내준다.

사계절을 걷는 동안
나는 멀리 가지 않았다.
다만
나에게서
조금씩 멀어졌다가
다시 돌아왔을 뿐이다.
이 기록은
그 여정의 흔적이다.

산책하듯 여행하고,
여행하듯 살아가는 것
서울의 골목을 따라, 계절을 따라,
오늘도 나는 서울을 걷는다.
서울에서 살아낸 마음의 산책 사진여행자.

네이버 여행인플루언서 @그린향기
blog : https://blog.naver.com/jsn920

# <u>Photographer : 세 번째</u>

# 김동기

@donggi_photo

안녕하세요.
작가이자 사진 여행 크리에이터,
김동기입니다.

제가 가는 길과
제가 마주한 풍경을
하나하나 카메라에 담고 있습니다.
그렇게 담긴 사진들은
자연스럽게 나만의 일기가 되어가고 있어요.

사진을 바라보면
그날 어떤 일이 있었는지,
어떤 기분으로 그 순간을 지나왔는지가
선명하게 떠오릅니다.

예전 사진을 꺼내 볼 때면
그 순간의 감정과 추억이
다시 살아나는 듯해 좋아요.
사진에는 과거의 나를 다시 만나게 해주는
묘한 힘이 있다고 생각합니다.

그래서 저에게 사진은
단순한 기록이 아니라,
삶을 조금 더 느린 시선으로
바라보게 해주는 하나의 방식이에요.

그날 하루를 담아내는 것만으로도
사진은 충분한 가치를 가진다고 믿으며
오늘도 사진으로 기록하고,
사진으로 글을 써 내려가고 있습니다.

그 작은 감동이
오늘도 제가 셔터를 누르게 하는 이유입니다.

눈이 모든 소리를 덮어버린 날
나는 잠시 멈춰 서서
아무 말도 하지 않는 풍경을 바라봤다.

바다가 보이는 자리에서
계절은 가장 먼저
색으로 말을 걸어왔다.
이날의 봄은
아주 분명했다.

계절은
누군가의 집 앞에서
가장 조용하게 피어나고 있었다.
들어가지 않아도
충분히 머물 수 있는 순간이었다.

비를 피하려고 멈췄지만
사실은
이 계절에 조금 더 머물고 싶었던 것 같다.

봄은
이렇게 사람들을 불러 모으고
각자의 하루를
같은 풍경 안에 겹쳐 놓는다.

가장 크게 빛난 순간은 가장 짧았다

이 계절은
늘 위를 올려다보게 만든다.
잠시 멈춰 서도 괜찮다고
지금 이 순간은 지나가지 않을 것처럼.

특별할 것 없는 장면이
하루를 가장 잘 설명해줄 때가 있다.

도시는
계절이 바뀌는 순간에도
아무 일 없다는 듯
하루를 이어간다.

각자의 방향으로 흘러가던 순간이
잠시 같은 풍경 안에 머물렀다.
그리고 우리는
아무 일도 없던 것처럼 다시 지나갔다.

# Photographer : 네 번째

# 김우영

안녕하세요.
김우영 작가입니다.

20대 초반, 여행을 계기로 사진이라는 것을 처음 알게 되었고
그때부터 제가 좋다고 느낀 순간들을 하나씩 담아오기 시작했습니다.

시간이 흐르며 좋아하는 것들은 조금씩 바뀌었지만,
저에게 '여행'이라는 순간만큼은
언제나 같은 의미로 남아 있었습니다.

그래서 이번 에세이는 20대 초반 사진을 시작하던 시절부터
지금에 이르기까지의 시간을 천천히 돌아보는 기록이기도 합니다.

이 사진들이 누군가에게는 공감이 되고,
누군가에게는 작은 위로가 되기를 바랍니다.

## 스코틀랜드 '에든버러'

20대 초반, 전역 후, 인생 처음으로
한 달 동안 혼자 떠났던 유럽 여행

집에 먼지가 쌓여 있던 니콘 똑딱이 카메라 하나를 들고 나섰고,
그 카메라로 담았던 도시들 중 하나가 바로 '에든버러'였습니다.

이곳에서는 특별한 목적 없이 걷는 여행을 했습니다.
거리의 공기와 사람들의 걸음, 해가 지는 속도를 따라 움직이며
에든버러의 분위기와 공기는 지금도 가장 선명하게 기억에 남아 있습니다.

그리고 이 한 달 동안의 여행은 제 인생에서 가장 큰 터닝포인트가 되었고,
'사진'이란 것을 처음 알게 해준 여행이었습니다.

# 체코 '프라하'

지난 첫 유럽여행 이후 1년 뒤,
저의 첫 DSLR이었던 캐논 750D를 들고 다시
동유럽으로 갈 수 있게 되었습니다.

지난 여행 중에 여러 나라를 다녔지만
저에게 가장 좋았던 도시는 프라하였습니다.

눈이 쌓인 프라하의 풍경과 야경은
제 마음을 설레게 하였습니다.

부모님을 모시고 떠난 첫 유럽 여행이기도 해서
이곳은 더 소중한 기억으로 남아 있습니다.

## 오스트리아 '할슈타트'

이곳의 아침 풍경은
조용히 저를 멈춰 세웠습니다.

사진으로는 다 담기지 않는 절경 앞에서
한동안 아무 말도 할 수 없었습니다.

아무것도 하지 않고
그저 바라보는 것만으로 충분했던 곳,
차가운 공기와 낮게 깔린 구름,
눈이 얹힌 지붕들 사이에서
시간이 잠시 느려진 것 같았습니다.

이 순간만큼은 카메라를 들고 있으면서도
뷰파인더에서 눈을 떼고 싶지 않은
순간이었습니다.

## 영국 '런던'

20대 중반, 대학 생활의 마지막 학기.
학교 프로그램을 통해 런던에 일주일간 머물 수 있게 되었습니다.

이전에도 두 번 다녀온 도시였지만 늘 날씨가 흐렸고,
특별히 좋은 기억으로 남아 있지는 않은 곳이었습니다.

하지만 이때의 런던은 다르게 느껴졌고, 일주일 동안 머문 이 도시는
제게 가장 매력적인 여행지 중 하나가 되었습니다.

해 질 무렵의 템스강, 각자의 방식으로 노을을 즐기던 사람들
그 평범한 순간들을 사진으로 남기고 싶었습니다.

## 한국 '서울'

20대 중반의 여름.
지방에 살던 저에겐 서울 또한
여행의 공간이었습니다.

우리나라의 랜드마크, '남산타워'

해가 지기 직전의 하늘과
조명이 켜지기 직전의 남산타워

해가 지고, 빌딩 곳곳에서
조명이 켜지는 서울의 야경

그 누구도 이 풍경을 보고 있었다면
서울을 좋아하지 않을 수 없을 것입니다.

## 한국 '서울'

20대 중반, 대학을 졸업하고
서울살이를 시작하게 되었습니다.

처음 마주한 서울은 많은 사람들,
모두가 바쁘게 살아가는 도시였습니다.

밤이 되면 더 또렷해지는 불빛들을
보며 이 도시의 야경이 아름다운 이유는
그만큼 하루를 버텨낸 사람들이
많기 때문일지도 모르겠다는
생각이 들었습니다.

저 역시 일에 치이고, 바쁘게 살아가며
치열한 시간들을 보냈습니다.

힘들었지만 지금의 제가 될 수 있었던
분명한 밑거름이 되었던 날들.

그 안에는 작은 즐거움과
소중한 추억들이 함께 있었고,
그것들이 저를 버티게 해주었습니다.

# 한국 '제주'

20대 중후반, 불안정한 미래를 생각하며
마음이 자주 흔들리던 시기에
제주는 나를 조용히 위로해 주던 곳이었습니다.

그리고 20대의 제주는 가족과 친구, 연인과
함께한 수많은 추억들이 남아 있습니다.

그 추억들은 제 20대의 페이지를 채워주었고,
그 힘으로 또 하루들을 버텨낼 수 있었습니다.

지난 제주의 사진들을 다시 보며
문득 30대의 지금은 제주를
또 어떻게 바라보게 될지 궁금해졌습니다.

## 호주 '시드니', '멜버른'

20대 후반,
저에게 주었던 20대 마지막 여행.

여행을 다니면서 여행할 때마다
제가 어떠한 사람인지
매번 새롭게 알게 되었습니다.

여행이 좋으냐고 묻는다면
저는 망설이지 않고 그렇다고 말합니다.
물론 삶의 가치가 모두 다르다는 걸 알기에
누군가에게 강요하고 싶지는 않습니다.

다만 조금이라도 마음이 움직인다면
한 번쯤은 떠나보기를.
그 길에서 무엇이든
하나쯤은 얻어 올 수 있을 것입니다.

## '시작'

30대 초반. 운 좋게도 제가 좋아하는 일과
직업을 하나로 이어갈 수 있게 되었습니다.

어쩌면 조금 늦게 찾아온 시작일 지도 모르지만
저는 늦지 않았다고 느꼈고,
오히려 다행이라는 생각이 들었습니다.

그래서 30대의 사진은 여행뿐만 아니라,
누군가의 순간들을 기록하고 싶어졌습니다.

아이들의 인생도 이제 시작이고,
제 인생도 다시 시작이라고 생각합니다.

아이들 기억 속에는 이 순간이 남지 않겠지만,
30대를 시작하는 저의 기억엔
이 장면은 오래도록 소중할 것 같습니다.

**P.S. 지우야, 결아. 앞으로 항상 건강하고,
너희의 우정이 영원하길 바랄게.**

**'약속, 바람'**

30대 초반의 저는 이제 누군가의 행복하고 소중한 순간을 담습니다.

카메라를 들 때마다 여전히 스스로에게 묻고 가끔은 의심도 합니다.
'내가 잘 찍고 있는 걸까?', '오늘은 잘 담아낼 수 있을까?'

그럼에도 하나만큼은 늘 같은 마음입니다.
'내가 할 수 있는 한 최선을 다해, 열심히 담겠다는 것'

앞으로 제가 만나는 모든 순간들을 가볍게 대하지 않고,
소중히 담아내는 사람이 되고 싶습니다.

그리고 늘 그렇듯 제가 아는 모든 사람들의 삶이
늘 별일 없이, 무난하게 잘 흘러가기를 바랍니다.

# Photographer : 다섯 번째

# 김종훈

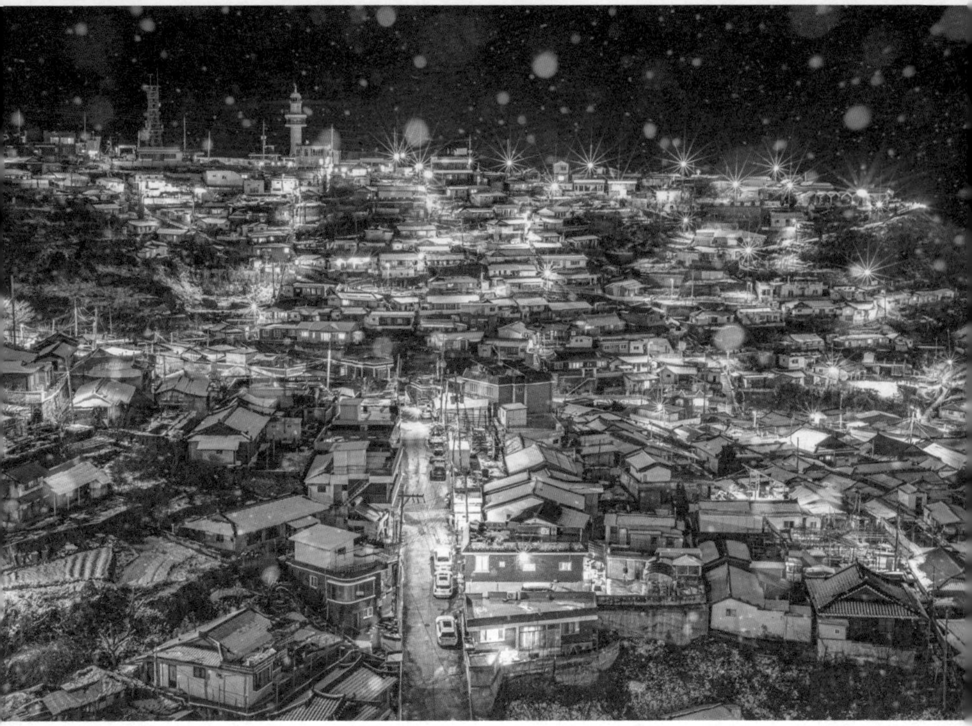

풍경을 담는 사진가
김종훈 입니다 .

동해시 묵호항의 눈내린 겨울밤

CANON EOS RP + RF50MM F1.8 STM
F16 30sec ISO100

태양이 수평선을 넘어가면
하늘은 새로운 색을 보여준다.

사진을 찍게 된 이유는

어릴때 노을을 바라보면서 느꼈던

아름다운 구름과 하늘 색을 간직하고 싶어서 였다.

길을 걷다 하늘을 보았는데 노을이 너무 이쁜날

지금 이 순간을 좋아해

전남 군산 신시도 일몰

SONY A7R5 + SEL2470GM2
F16 300sec ISO100

같은 장소도 계절에 따라
다른 색의 옷으로 우리를 반겨준다

사진을 찍기전에는

알아 차리지 못했던 사계절의 아름다움

익숙한 장소도 가끔 가던 장소도 계절에 따라 다른 모습으로 반겨주는

지금 이 순간을 좋아해

SONY A7C2 + SEL2070G
F11 10sec ISO200

경기 수원 화성 동북포루 봄/겨울

노을이 지나간 밤하늘에는
소원을 들어주는 달이 떠오른다

밤에 떠오른 달은 우리가 보던 풍경에

아름다움을 더해준다.

어두운 밤을 비춰주고 소원을 들어주는 달이 떠오른 밤

지금 이 순간을 좋아해

서울  남산서울타워 와 달

SONY A7R5 + SEL70200GM2 + SEL20TC
F6.3 1/5sec ISO400

달이 없는 밤하늘은
반짝이는 별들과 은하수가 반짝인다

달 빛이 사라진 맑은 밤하늘에는 눈으로도 은하수를 볼수 있다.

견우 와 직녀를 이어주 었다는 은하수는 우리들도 이어주고 있지 않을까?

반짝이는 별들이 가득한 밤

지금 이 순간을 좋아해

충남 태안 마검포 등대와 은하수

SONY A7R5 + SEL1224GM
F2.8 1080sec ISO1600

해가 뜬 낮에는
구름이 파란 하늘에 그림을 그린다

과거와 현재가 공존 하는 풍경은 그 것만으로도 아름다움을 보여준다

따스한 햇살을 맞으며 구름이 그린 하늘을 바라보는

지금 이 순간을 좋아해

경기 수원 화성 동북포루

CANON EOS RP + RF 50mm F1.8 STM
F9 1/125sec ISO250

# **Photographer : 여섯 번째**

# 나녕

지금 이 순간을 좋아해

JOSS GRAHAM
CLOSED

## 나녕(娜寧)_ 정서적으로 고요한 상태에서 발견되는 아름다움

도시를 특별하게 만드는 순간은,
목적지를 정하지 않고 걷는 시간 속에 있다고 생각한다.
같은 길을 여러 차례 여행하듯 주변을 둘러보며 여유롭게 걷고,
달라지는 직관적인 감정과 빛의 결을 따라 그 순간을 기록한다.

이번 시리즈는 누군가에게 스쳐가는 여행지이자,
나에게는 현시점 삶의 터전인 런던의 모습을 담았다.

하나의 단어로 설명이 되지 않는 도시,
늘 같은 자리에 있지만 걷는 지역과 산책의 속도에 따라 색다른 곳.

나는 오늘도 그곳으로 걸어가, 작은 차이를 사진으로 남긴다.

THE MARYLEBONE
THE MARYLEBONE
ECCLESTON
YARD SW1
CITY OF WESTMINSTER
UNDERGROUND

## Part 1. 걷다 보면 남는 것들: Streets

이 페이지에 담긴 사진들은 정해진 목적지 없이 걷다가
발걸음이 느려진 자리에서 자연스럽게 남겨진 평범한 거리다.

오래된 벽돌, 그리고 그와 상반된 유리로 된 건물.
런던의 거리는 곳곳이 다른 분위기를 가지고 있다.

세월이 묻은 따스한 빛의 거리를 따라 시선이 머무는 날이 있다면,
또 차가운 도회적인 결이 돋보이는 거리가 눈에 띄는 날도 있다.

이 도시는 과거와 현재를 구분하지 않은 채 동시에 존재한다.

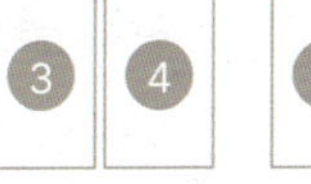

1 Marylebone

2 3 Victoria

4 Knightsbridge

5 Vauxhall Bridge

## Part 2. 잠시 멈추는 연습: Parks

책을 읽는 사람, 풀밭에 누워 하늘을 감상하는 사람, 게임하는 사람.
타인의 시선에 대한 의식 없이 몸이 이끄는 대로,
각자의 방식으로 시간을 보내며 누구도 서두르지 않는 공간인, 공원.

런던의 공원은 도시가 잠시 느슨해지는 지점이다.
사람들은 도시의 긴장을 풀어놓으며 이유 없이 점점 느리게 걷는다.

소음과 인파 속 바쁘게 흘러가는 대도시에서
사람들이 미소를 잃지 않고 살아갈 수 있는 건 공원들 때문이 아닐까.

나는 감각으로 느껴지는 이런 공원의 조용한 완급을 사랑한다.

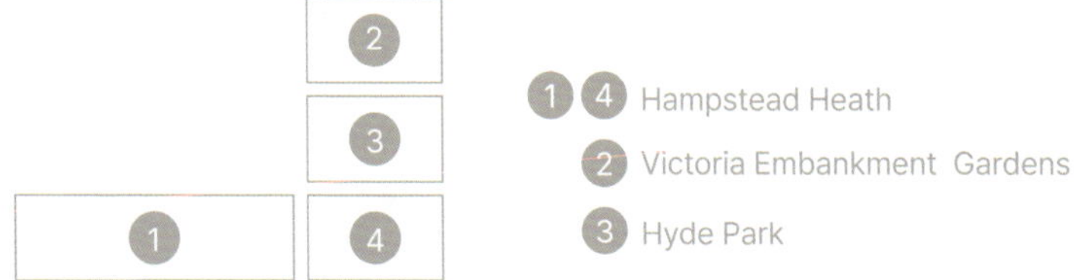

Elizabeth Tower

## Part 3. 웅덩이에 남은 흔적: Rainy Days

"생각보다 맑네요?"


그렇다.

런던은 생각보다 해가 자주 뜨는 도시다.

그럼에도 여전히 강수량이 많은 도시로 누명을 쓰고 있다.


비는 우리 곁에 자주 찾아올 뿐, 오래 머물지 않는다.

언제 날씨가 그랬냐는 듯 늘 밝은 얼굴로 거리를 내어준다.


그런 도시의 거리 구석구석에는

마를 틈이 없는 비의 흔적이 고스란히 남아있다.

위로 향하던 시선이 돌고돌아 새로 닿은 자리 끝에서

나는 런던의 다른 얼굴을 마주하곤 한다.


그곳에 비친 도시는 조금 느리고, 조금 더 고요하다.

## Part 4. 하루가 바뀌는 시간: Magic Hour

낮과 밤이 바뀌는 순간은 생각보다 조용하다.
해가 진다는 사실보다 빛의 온도가 달라진다는 걸 먼저 느끼는 시간.

건물 벽에 비춰지고 남는 빛, 거리 위로 떠오르고 내려앉는 푸른 기운.
이 시간의 도시는 낮보다 부드럽고, 밤보다 덜 말이 많다.

나는 멈추지 않고 이 빛을 지나간다.
마법 같은 이 순간을 놓치고 싶지 않아서.

모든 장면은 그렇게 지나간 뒤에 비로소 마음에 남았다.
여러분들이 머물렀던 도시는 어떤 모습으로 남아있나요?

# Photographer : 일곱 번째

# 박근희

제주 <보롬왓>

# 여행

"근희야 세영이랑 둘이 손잡고 뛰어가봐"

웃음이 가득한 푸른 들판 위를
아무 생각 없이 뛰어본 적이 언제였을까
뒤도 돌아보지 않고 목적지도 정하지 않은 채
그저 앞만 보고 달려가던 순간들

나에게 여행은 한순간의 즐거움이자
다시는 오지 않을 소중한 시간이다.

그래서 여행은 늘 소중하고, 시간이 지날수록 더욱 선명해진다

다시는 같은 모습으로 돌아오지 않아서.

여행 속 이야기를 담는 작가 박근희

제주 <삼화목장>

# 그곳

우산도, 비옷도 소용없을 만큼 제주의 목장은 온통 젖어 있었다.

아무것도 없는 곳이었고,
그래서 오래 머물 이유도 없어 보였다.
그런데 이상하게
이곳에 잠깐 내려 있었다는 기억은 지금도 선명하게 남아 있다.

한편에서는 누군가의 인생의 시작을 기록하고 있었고,
우리는 같은 비를 맞으며 우리들의 소중한 추억을 기록하고 있었다.

이 순간이 좋았던 건 함께였기 때문일까,
아니면 여행이라는 이유만으로도 충분했기 때문일까.

독일 프랑크푸르트 골목

독일 프랑크푸르트 < 마인강 >

# 사이

여행지에 도착하면 나는 그곳의 사람들이
하루를 어떻게 보내는지가 먼저 궁금해진다.

어디서 빵을 사고, 어떤 시간에 커피를 마시고,
일상 속에서 거리를 걷는 얼굴들은 어떤 표정일지.

그렇게 몇 장면을 보고 있으면
'여행자'라는 말은 조금 희미해진다.

나에게 여행은
다른 나라를 구경하는 일이 아니라
잠시 그 나라 사람들의 삶 속에 들어가
그들의 하루를 빌려 살아보는 일에 가까운 것 같다.

## 주인공

에펠탑 아래의 밤은 내가 꿈꾸던 파리의 한 장면 같았다.
버스킹 소리에 웃음이 섞이고, 처음 만난 사람들과 노래를 불렀다.
파리의 밤을 환하게 비추는 에펠탑 아래에서 우리는 마치 영화 속
주인공이 된 듯한 시간을 보내고 있었다.

그날 밤 파리는 낭만이라는 말이 꼭 특별한 순간이 아니어도 된다는 걸
느끼게 해줬다.

노을이 지는 시간,
실루엣을 담기로 유명한 다리 위에 올랐다.
다리 위에는 많은 사람들이 앉아 있었고,
사진 속에는 함께 여행한 사람들이 담겨 있다.

이상하게도 그 장면 속에 나는 없다.

정말 싫었던 걸까.
아니면,
남의 행복을 먼저 담는 쪽이
더 익숙해진 걸까.

# 마음속 이야기

프라하 여행 중 존 레논 벽을 마주했다

누군가는 평화를 말하고
누군가는 사랑을,
누군가는 꺼내지 못한 마음을 적어 내려간다

지워지고 다시 쓰이는 흔적들 사이에서
사람들은 저마다 다른 이야기를 남긴다.
많은 목소리가 겹쳐진 이 벽은
이 도시가 오래도록 품어온 이야기처럼 느껴졌다.

## 시작과 끝

멀리서 런던 아이를 바라보다
문득 그 안에 있는 사람들이 생각났다.

저 안에서 누군가의 여행은 시작되고 있을지도 모르고,
누군가는 이미 돌아갈 날을 떠올리고 있을지도 모른다.

나의 여행에도 분명 시작과 끝이 있겠지.
지금 이 순간에도 천천히 끝을 향해 가고 있겠지.

저 사람들은 어떤 마음으로 이 시간을 지나고 있을까.

@PHOTOG_0.0

빅토리아 공원의 오후,
자유로운 거위들 사이에서 사람들은 저마다 편안한 모습으로 시간을 보낸다.

이 여행은 나에게 사람들 사이에 머무는 방법을 가르쳐줬다.

<u>**Photographer : 여덟 번째**</u>

# 박무비

안녕하세요.
박무비입니다.

저는
'LIKE A MOVIE'라는 컨셉으로 나의 모든 일상과,
나의 가족과 친구들의 순간을 영화의 한 장면처럼
예쁘게 담고 싶다는 의미로 '무비'라고 작가명을 선택하게 되었습니다.
또한 제 이름 박영화에서 가져온 의미기도 합니다.

이 책은 저의 호주 생활을 담은 포토에세이입니다.
하지만 이 책은 단순히 그 시절을 추억하는 이야기가 아닙니다.
그 순간이 내 인생의 정점으로 남아버릴까 두려워했던 시간,
지금의 나를 과거와 비교하며 작아졌던 마음,
그리고 그 장면을 내려놓기로 결심한 이야기입니다.
이제는 지나간 장면을 붙잡기보다
지금 이 순간을 좋아해 보기로 했습니다.
오늘도 여전히 나의 영화는 계속되고 있으니까요.

## PAGE 1. BACK THEN

지금의 나와는 조금 다른 시간 속에서.
호주에서의 나는 방향을 정하지 않아도 괜찮았다.
미래는 막연했지만 그 불확실함조차 나에게는 가능성처럼 느껴
지던 시절이었다.
그때의 나는 무엇이든 할 수 있을 것 같은 자신감에 차 있었다.

## PAGE 2. WORRY

불안이 없었던 것은 아니다.
임시 비자의 신분과 비정규직이라는 현실은 늘 곁에 있었다.
하지만 그것들은 나를 흔들 만큼 크지 않았다.
걱정은 있었으되 삶의 방향을 꺾지는 못했고, 그저 스쳐 지나가는 감정에 가까웠다.

## PAGE 3. A DAY

나를 증명하지 않아도 됐다.
잘하든 못하든 나의 하루는 그냥 하루로 지나가도 됐다.
그 누구도 나를 집요하게 평가하지 않았다.
그냥 존재하는 것만으로도 충분했다.

## PAGE 4. LANGUAGE

언어도 나를 가로막지 않았다.
말이 부족해도 서로를 해석하려 들지 않았고,
어떻게 보일지 생각하지 않아도 관계는 이어졌다.
나를 의식하지 않고 나 자체로 있을 수 있었다.
그렇게 나의 정체성을 조금씩 발견해갔다.

**PAGE 5.**

그런데 지금의 나는 계속해서 자를 꺼낸다.
나를 세워 놓고
말로는 설명되지 않은 기준들로 하나씩 재본다.
얼마나 효율적인지, 얼마나 눈치가 빠른지, 얼마나 참을 수 있는지.
명시되지 않은 기준은
항상 부족하다는 신호만 남긴 채 사람을 조용히 소진시킨다.
그래서 나는 지금의 나를 자꾸만 부족한 쪽에 놓는다.

## PAGE 6.

사실 호주에서의 하루도 쉽지는 않았다.
하루 12시간 주 6일.
폐병이 와도 이상하지 않을 것 같은 작업 환경 속에서
나는 일을 했다.
몸은 늘 한계에 가까웠다.
그런데도 나는 자유로웠다.
그만큼 일했고, 그만큼 벌었고, 그만큼 쉴 수 있었다.
누구의 눈치를 볼 필요도 없었고 설명할 필요도 없었다.

한국에서의 하루는 조금 다르다.
노동의 강도는 그때보다 덜할지 모른다.
하지만 몸보다 먼저 생각이 닿는다.
지금의 나는 경쟁 속에 있고 눈치를 배우고 책임을 안고 살아간다.
주변 시선을 의식하고 가족을 생각하며 선택 하나에도 이유를 달아야 한다.
점점 지쳐가고 있었다.

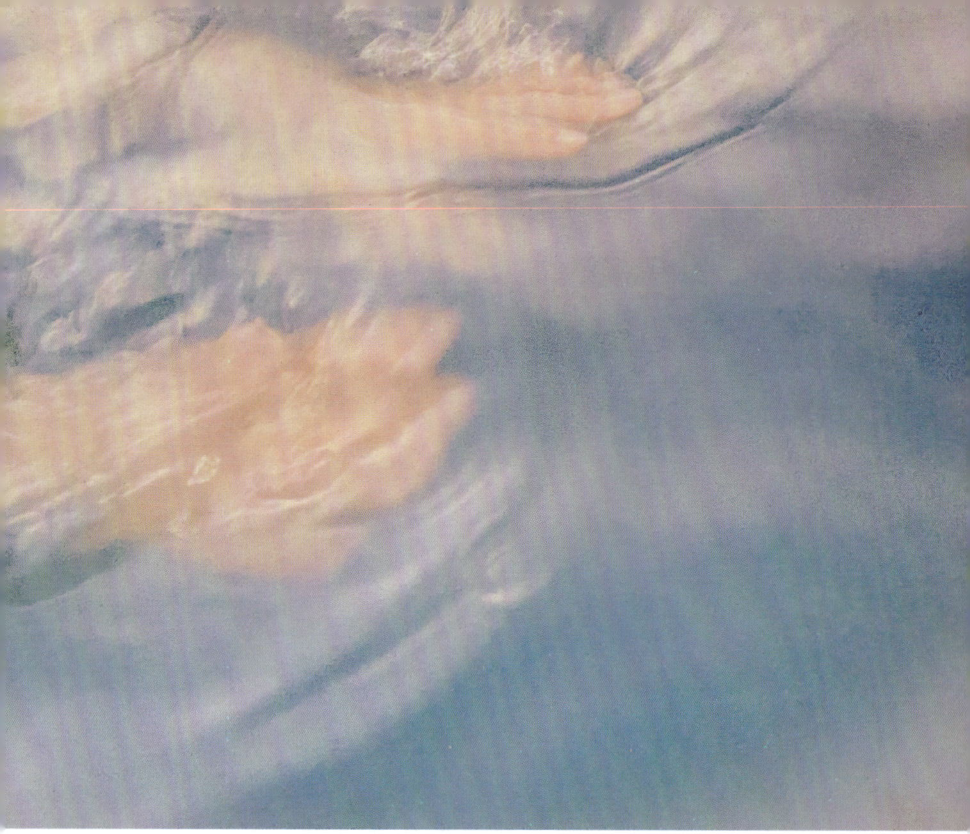

**PAGE 8.**

그래서 나는 그 시절을 오래 들고 있었다.
힘들었지만 자유로웠던 하루.
부족함 없는 삶과 누구의 눈치도 보지 않아도 됐던 하루.
그래서 더 무서웠다.
그때가 내 인생의 가장 좋은 순간으로 남아버릴까 봐.

## PAGE 9. A NEW PERSPECTIVE

그러다 책 한 권을 읽게 되었다.

그 문장들은 나에게 이렇게 말했다.

지금의 나를 과거로 규정하지 말 것.

이미 지나간 기준으로 앞날을 닫아버리지 말 것.

그때의 자유가 내 인생의 정점이 아니라 과정이라는 것.

그리고 지금 내가 가진 부정적인 사고는 내가 직접 깨야 한다는 것을 말이다.

## PAGE 10. PRESENT, THIS MOMENT

그래서 나는 지금 이 순간을 좋아해 보기로 했다.
앞으로의 인생이 더 찬란할 수 있다는 가능성을 스스로에게 허락하기로.
그리고 이 다음 장면을 기대해 보기로 했다.

# **Photographer : 아홉 번째**

# 박화우담

부산 청사포 해변

# 나에게 사진은 사계절이다

## - 박화우담 -

나에게 사진은 사계절이다.
특별한 장면이나 극적인 순간을 담아내기보다는,
평범한 일상속에 마주한 이야기를 기록해오다 보니
사진은 자연스럽게 계절의 흐름과 맞닿아 있다.
어느 날 문득, 내가 찍어온 사진들을 다시 들여다보았을 때
그 안에는 늘 계절이 있었다.
계절은 사진의 배경이 아니라, 사진 그 자체였다.

계절의 변화는 오감을 자극한다.
시각뿐만 아니라 청각, 후각, 미각, 촉각까지 함께 움직인다.
사진은 본질적으로 시각의 예술이지만,
한 장의 사진 안에는
그 순간의 공기, 소리, 냄새, 온도 같은 감각들이 함께 담겨 있다.
셔터를 누르던 순간의 감정과 몸의 기억은 이미지에 겹겹이 스며들어,
시간이 지난 뒤에도 사진을 보는 나를 다시 그 계절로 데려간다.
그래서 사진은 변화의 흐름을 가장 솔직하게 시각으로 기록할 수 있는
도구라고 생각한다.

부산 오륙도 해맞이 공원

# 봄

봄은 겨울을 지나
새 생명이 양수를 터뜨리고
세상 밖으로 나오는 순간을 닮아 있다.
아직은 연약하고 조심스럽지만,
그 안에는 분명한 생의 의지가 담겨 있다.
앙상했던 가지 끝에서 돋아나는 작은 잎 하나,
얼었던 땅 사이로 고개를 내미는 풀잎을 바라볼 때마다
나는 매번 같은 감정을 느낀다.


'잠든 겨울에 깨어난 봄을.'


사진 속의 봄은 언제나 따뜻한 설레임으로 가득차 있다.
화려하기보다는 설레임이  다가온다.
어제와 오늘의 차이를 알아차리는 시선,
그 미세한 차이를 기록하는 마음이 있을 때
비로소 봄은 사진이 된다.

# 여름

여름은 연두색의 계절이다.
연약한 라이트 그린에서 시작해,
시간이 흐를수록 점점 더 짙어지는
비리디안과 청록의 세계로 채워진다.
식물의 색은 더 이상 망설이지 않고 자신을 드러내고,
햇빛은 그 색들을 더욱 선명하게 밀어 올린다.


'여름의 사진에는 늘 소리가 있다.'


매미 소리,
바람에 흔들리는 나뭇잎,
뜨겁게 달궈진 공기의 진동.
셔터를 누르던 순간의 땀과 햇살의 온도는
사진 속에서 보이지 않지만,
나는 그 이미지를 볼 때마다 몸이 먼저 기억해낸다.
다이나믹한 여름,
그 안에는 생이 가장 충만한 순간이 담겨 있다.

萬開當貴千秋歲
竹報平安萬里聰

# 가을

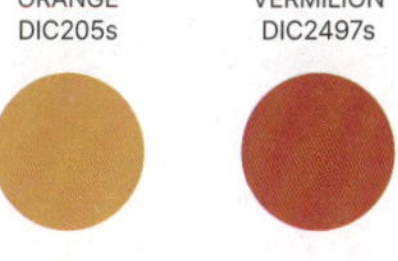


가을의 색상은 합창을 하듯 컬러의 향연 같다.
단풍은 하나의 색으로 머무르지 않고,
수없이 많은 색을 동시에 펼쳐 보인다.
붉음과 노랑, 주홍이 서로 겹치고 섞이며
만들어내는 풍경은 언제 보아도 오묘하다.
각자의 색은 분명하지만, 어느 하나도 혼자 튀지 않는다.
가을의 빛은 여름과 다르다.
무너지지않을것만 같던 강렬한 햇살은 한 걸음 물러서고,
그림자는 길어진다.
색은 빛에 밀려 드러나기보다, 스스로의 깊이로 드러난다.
그래서 가을의 풍경은 천천히 바라보게 된다.
서두르지 않을 때에만 보이는 색들이 있다.
가을의 사진을 찍을 때면,
나는 자연이 얼마나 섬세한 조합을 만들어낼 수 있는지 새삼 느낀다.
여름의 에너지가 차분해지고, 겨울을 준비하는 과정 속에서

'가을의 색은 가장 아름다운 순간을 남긴다.'

그것은 한순간에 완성되는 장면이 아니라,
시간의 축적이 만들어낸 결과다.
바람에 떨어지는 잎,
쌓이지 못하고 흩어지는 색들 앞에서 사진은 늘 늦다.
그래서 더 셔터를 아끼게 된다.
사진은 그 합창이 흩어지기 전의 짧은 찰나를 붙잡아두는 일이다.
가을은 언제나, 기록하는 이에게 기다림과 절제를 먼저 가르친다.

# 겨울

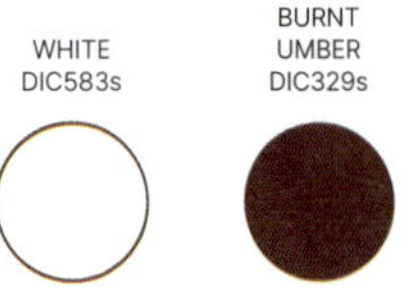



겨울은 사물의 본질을 거침없이 드러낸다.
잎이 떨어진 나무, 색을 잃은 풍경 속에서 형태와 구조만이 남는다.
숨길 것이 사라진 계절,
꾸밈없는 본연의 모습이 가장 선명해지는 시간이다.
겨울의 사진은 단순하지만 강하다.
여백이 많고, 침묵에 가깝다.
그러나 그 침묵 속에는 긴 시간이 축적되어 있다.

'나는 겨울을 찍으며 기다림을 배운다.'

모든 것이 멈춘 것처럼 보이는 순간에도,
다음 계절을 향한 준비는 이미 시작되고 있다는 사실을
사진은 조용히 말해준다.
사진을 찍는다는 것은 결국 시간을 바라보는 일이고,
계절을 통과하는 일이다.

그래서 나에게 사진은 사계절이다.
반복되지만 결코 같지 않은 시간,
그 미묘한 차이를 기록하는 방식.
나는 오늘도 또 하나의 계절을 사진 속에 조심스럽게 남긴다.

<u>**Photographer : 열 번째**</u>

# 소소한 일상

사진은,
그날의 온도와 바람의 밀도까지
모두 담고 있다..

느리게 흘러가는 제주의 소소한 일상들을,
어제가 될 오늘들을.
잊혀지지 않을 오늘들을..

나를 잃어버리지않게 오늘을 살 것.
흐름에 들떠서 오늘을 놓치지 말 것.
내가 누리는 모든 순간에 감사할 것.
그렇게 오늘에 집중할 것...

어제가 될 오늘의 나에게...

그날의 오늘들을
조심스레 펼쳐내 봅니다...

그런 생각을 한 적이 있다..
소음은 없고 소리만 있는 조용한 마을에서,
마당에 동백나무 한그루, 배롱나무 한그루 심어두고..
하루를 걷고 하루를 산책하듯 살면 좋겠다는,
그런 생각..

그런 마을에 작은 카페 하나 열어
벽면엔 좋아하는 책을 한가득 채워두고
좋아하는 음악 한자락 햇살 비추는 창가에 늘어놓고
동네 정겨운 삼춘들과 수다한모금으로,
가끔은 사진전을,
가끔은 음악회를...

그렇게...
나만의 속도로,
느리지만 천천히,
생을 향해 한걸음씩 걸어간다...

바다앞,
문득 시선이 머무는 풍경은..
바다도, 빛나던 윤슬도 아니었다..

제주는,
제주스러움으로 사람들을 빛나게 하고..
사람들이, 사랑들이 제주를 빛나게 하고 있었다...

한낮의 뜨거움을 삼키고
붉은 석양을 토해낸다..
그렇게,
빛을 품고 빛을 뿜어낸다..

여름이불을 빨아서 햇볕에 잘 널어놓고,
집 근처 공원을 걷기로 한다..
바람결 작은 틈으로 가을이 비집고 들어온다..
사람들의 옷차림에, 바래져가는 나뭇잎에...

계절은..
꽃으로, 하늘로, 바람으로 먼저 오고 있었다...
여름과 가을 사이로...

숲길에 들어서는 순간,
부서지는 햇살 아래 계절은 잊혀지고..
걷는 것만으로 숨이 쉬어진다..

나를 둘러싼 시간은 느리게 흐르고
공간은 무의미한 듯 특별해진다..
그리고...
머리속을 부유하던 상념들은
아무것도 아니었던 것처럼 무색해진다..

세상은 고요해지고
세상의 속도와 비껴간 듯 나만의 속도로 걸다보면
숨이 멈추어지는 듯,
큰 숨을 내쉰다...

공기의 온도가 바뀌고,
바람의 밀도가 바뀐다...
무채색이기도, 화려해지기도 하는 계절이다..

은빛 억새가
바람을 따라
분화구를 따라 눕는다..
억지로 버티지말라고 일러준다...

그렇게..
가을을 살아야겠다...

산다는 건,
때로 무모하고 때때로 비겁해진다..
때로 나와 무관하게 흘러가고,
때때로 나의 의지와 상관없이 부대끼기도 한다..

하루를 바다에서 사투하며 보내는 이들에겐
어쩌면 배부른 투정일지도 모르겠다..

무탈하게 흘러간 나의 오늘을 감사하며,
누군가의 수고로움 덕분에
또 나의 내일이 빛날 것임을..

마주한 바다에서 바람이 훑고 간 머리를 잘 정돈하듯,
나의 오늘을 정리해본다...

산다는건..
'그리하여', '그럼에도', '그러므로'의 무한반복 같다..

그러므로
오늘의 하루에도, 오늘의 나에게도, 충실해 볼 것...

그럼에도 오늘의 내가 못마땅하다면,
먼지를 털 듯
오늘의 찌꺼기들을 툭툭 털어내면 될 일이다..

천천히 숨을 고른다...
그리하여
오늘을 살아내고,
내일을 살아간다..

@_sosohan.ilsang

# **<u>Photographer : 열한 번째</u>**

# 시나문청크

'여백'이라는 주제를 하얀 결, 하얀 틈, 하얀 칸으로
나누어 연작으로 풀어냈습니다.

카페에서는 물거품과 구름을 통해 여백의 결을,
전시 공간에서는 틈새로 스민 빛을 담아
여백의 틈을 보여드렸습니다.

그리고 이 포토에세이에서는
여백을 공백으로 보고, 이를 '하얀 칸'으로 풀어내며,
비우는 시간과 비움으로써 이어지는 다음 장면을
떠올려볼 수 있는 필름 사진을 구성했습니다.

---

비움으로 채워질 수 있는 당신의 다음 장면을 응원합니다.
@cinnamoon_chunk 드림.

멈춰도 되는 날이 있다는 것만으로, 놓이는 마음.

파란 공기 속 차분한 마음, 상쾌한 아침.

보기만 해도 나른해지는 마음.

아무도 없는 조용한 아침, 따뜻한 활기.

빛이 남긴 다정한 위로.

빛이 드는 자리에서 채워지는 쉼,

따뜻한 이야기의 시작.

아무 말 없어도 안정되는 마음.

하루 끝, 오늘 밤도 축제.

여름밤, 시원한 한 잔으로 떠나는 홍콩 여행

# Photographer : 열두 번째

# 아리

나의 찬란했던
찰나의 순간들

아리

165

CANON EOS RP, RF50MM F1.8 STM

나의 첫 야경사진

나도 이제 카메라가 생겼다고
설레발치며 찍은 서울 응암봉저정공원의
아름다운 야경

셔터를 누르는
매순간 설렛고
사랑했고 사랑스러웠던

나의 가장 밝았던 시절
나의 첫 출사

**CANON EOS RP, RF50MM F1.8 STM**

금지

장노출의 매력을
알아버린 날

빛갈림의 매력에
빠져버린 날

밝게 빛나기 위해
존재를 알리기위해
조용히 뻗어나가는 빛의 갈림

이를 나의 렌즈로 담아내는 시간의
머무름을 머금은 설렘은

다른 어떠한 것과
바꿀 수가 없었던

나의 찰나의 시간이었다

**CANON EOS RP, RF50MM F1.8 STM**

예지몽을 꾸었다
첫째날엔 하늘이 노한 듯
비바람과 천둥번개가 치길래

상실감을 안고
잠이 들었다.

너무나도 아쉬웠는지
꿈에서 울산바위가 나왔다

구름이 걷히고
보랏빛 하늘이 드리우며

눈앞에는
설명이 필요없는
은하수가 펼쳐졌다

그리곤
다시한번 찾은 그곳엔

은하수가 당당히 모습을 나타내었다

나의 꿈은 현실에 도착해 나를 기다리고 있었다.

**CANON EOS RP, RF50MM F1.8 STM**

172

달이 지며
서장대의 모습과 어우러지는
찰나의 순간을 위해

기다리는 시간은
나를 충분히 설레게 만들었다.

각도가 맞을까 안맞을까
불안함과 설렘이 공존하는
이 순간을...

나는 달을 또 기다린다.

**CANON EOS RP, RFRF100-500mm F4.5-7.1 L IS USM**

**CANON EOS RP, RF16MM F2.8 STM**

30살이라는 나이에
간호사라는 꿈을 이루기위해
대학에 입학했다

너무 늦지 않았을까?
내가 잘할 수 있을까?

학교를 다니며
학업에, 사람에 치여
나의 설레임을 잃어버렸다

사진을..
카메라를..
놓게 되었다.

← @ari._.zzang 인스타바로가기

그러던 어느날
행운이 내게 찾아와
캐나다에 가게 되었다.

다른건 생각하지 않았다
다른걸 생각할 겨를도 없었다

머릿속엔
오직
셔터를 누르는 생각뿐이었다

케이스에 고이 모셔놨던
나의 조그만 카메라를 들게되었을 때

잃어버렸던, 잊고있던,
나의 설레임을 되찾았다.

나는 오늘도 셔터를 누른다
잃어버렸다고 생각했던 설렘을
다시 확인하듯

**SONY ILCE-7RM5,FE 12-24mm F2.8 GM**

# Photographer : 열세 번째

# 오아시스

# 사진작가 오아시스

자연에는 쉽게 눈에 띄지 않는 순간들이 있다.
잠시 가던 발걸음을 멈춰 여유를 두고 바라볼 때,
그동안 지나쳐 왔던 작은 변화들이 시선 앞에 놓인다.

그렇게 놓인 변화들을 바라보다 보니 기록이 필요해졌다.
고요한 풍경 앞에 서면
마음은 자연스럽게 가라앉는다.
일상 속에서는 쉽게 보이지 않던
자연의 단순한 질서가 모습을 드러낸다.

특히 자연은 계절의 흐름을 그대로 받아들이며
형태와 빛, 그림자의 차이를 따라
반복되고 이어지는 '자연의 리듬'을 만들어낸다.

장면을 담기 전 나는 빛부터 살핀다.
빛이 머물다 스며드는 순간
바람의 흐름이 겹치고
자연의 리듬이 형성될 때
셔터를 누른다.

사진을 찍는 시간은
스스로를 다독이며 숨을 고르게 하는
하나의 쉼표에 가깝다.

사진 속에 스며든 그 평온함이
보는 이들에게도
그 흐름에 잠시 머물 수 있는
작은 오아시스가 되고 싶다.

아름다운 순간

Untitled

용눈이

새벽

두 세계가 마주 본 순간

너와 걸었던 가을길

Untitled

Untitled

# Photographer : 열네 번째

# 오지우

• 눈 오는 추운 겨울을 좋아해

안녕하세요,
오지우 작가입니다.

어릴 적 아버지의 사진 필름 현상 작업실의
빨간 조명 아래서 놀며 사진을 접하게 되었고
그 기억으로 대상의 온도와 분위기 그리고
감정을 간직하려는 작업을 하고 있습니다.

남는 것은 삶이라는 과정 속에 쌓여있는 이미지(추억)이며,
그 이미지로 미래를 살아갈 수 있게 해준다 생각합니다.

어린 시절 그리 좋은 추억들이 많이 없었습니다.
하루하루 아름다운 이야기를 만들고 쌓아가며
많은 이미지를 가지는 것이 저의 바람이자
보이는 모든 이에게 전달하고픈 메시지입니다.

아름다운 이야기를 통해
평온함으로 가득하시기를 바랍니다.

"어떤 계절을 좋아해?"

"나?, 겨울!"

눈 오는 겨울이 좋다.


겨울의 추위는, 겨울의 시림은
외롭다기보단 그리움과 따뜻한 추억들


그리고,
따뜻한 생각으로  가득한 계절.

함박눈을 맞으며 따뜻한 코코아를 두 손으로 들고
하얗게 쌓인 눈 위를 걷는 느낌.

추위와 차가움이라는 직접적인 날씨지만
오직 따뜻함만을 바라는 날것의 외로움이 아닌
따뜻함을 공유하고 싶은 계절,

눈 오는 추운 겨울이 좋다.

• 볼 빨개진 너

눈 내리는 겨울밤 아래 가로등
차갑고 어두움 속에 밝고 따스한 빛.

함께 가로등 빛 아래를 지나며
보이는 너의 볼은, 추워서인지 홍조 띤 모습은
잡고 있던 따뜻한 코코아보다 더 따뜻하다.

눈 오는 겨울,
이 따뜻함을 공유하고 싶은 네가 생각이 나
더 특별한 게 아닐까.
같이 눈을 맞고 너와 공유한 따뜻함이 추위를 잊어버릴만큼
눈 오는 겨울이 좋아.

단순히 '좋은 결과'라는 목표만을  바라만 보고 나아가는
우리 사회의 공허함이 느껴진다.

"좋은 결과라는 만족을 얻기 위해서는 좋은 과정이 필요한 법이다."


좋은 결과에만 목을 맨다면 이로 인해 허비된 과정들은 남아있지도 않고,

돌이킬 수도 없을 것이다.

성취감은 찰나와도 같은 순간이기에
노력하며 지나온 과정에서
행복을 얻어야 할 때가 많다.

결과에서만 행복을 얻는 것이 아닌 우리는
어떤 결과를 마주해도 후회 없을,

잔존 가능한 과정의 행복을 획득할 필요가 있다.

· My ocean

광활한 넓은 바다는
공허한 우리를 채워주는 듯 하다.

# <u>Photographer : 열다섯 번째</u>

# 유어파이

일상과 여행 속에서의 소중한 순간들을 담는 브랜드

유어파이의 작가 신자윤입니다.

제 생일인 3월 14일에서 브랜드 명 your Pi.E를 따왔습니다.

생일에는 모두가 행복을 빌어주죠.

@your_pi.e

당신의 모든 날이 생일처럼 행복하고 소중하기를.

Your Every day is Precious!

your Pi.E

## 0521 I'll love you until black hair goes grey

5월 21일 / 검은 머리 파뿌리 될 때까지 사랑할게요

스코틀랜드의 공원에서 다정하게 얘기를 나누던 어느 노부부의 뒷모습을 담아보
았습니다. 행복이란 별 거 없지 않을까요? 햇살 따사로운 날, 사랑하는 사람과 손
잡고 나란히 앉아 '오늘 저녁 뭐 먹지?' 와 같은 소소한 얘기를 나누는 것. 그거면
충분할 것 같아요.
* 5월 21일은 부부의 날이기도 합니다.

# 0530 Flower fountain

5월 30일 / 꽃 분수

영국 런던의 피카딜리 광장 분수대입니다. 분수대 위에는 사랑의 신인 에로스 동상이 있습니다. 동성애 축제 기간을 맞아 무지개 깃발과 꽃으로 알록달록하게 꾸며놨더군요. 모든 사랑들이 동등해지는 모습이 아름다웠습니다. Love is love!

## 0528 On the way to meet you

5월 28일 / 널 만나러 가는 길

오랜만에 만나는 친구를 보러 가던 길, 보라색 꽃이 예쁘게 피어있었습니다. 약속 후에 다시 지나가지 못할 것 같아 제대로 멈추지 못한 채 급하게 찍었지만 꽤나 멋지게 나왔습니다. 여행에서 나중은 없기에 순간을 즐겨야 합니다.
인생도 마찬가지입니다. 지금 당장 가고 싶었던 곳에 가보고, 하고 싶었던 말을 표현하고, 바라던 일에 도전해보세요. 지금의 그 경험들이 모여 더 멋진 나중으로 데려다 줄 거예요.

# 0818 Everlasting love

8월 18일 / 영원한 사랑

안개꽃의 꽃말은 영원한 사랑입니다. 여러분께서는 영원한 사랑을 믿으시나요?
몇 번의 이별을 통해 그 존재에 대해 의문을 품게 되긴 했지만, 그럼에도 믿고 싶습
니다. 영원을 위해 순간순간 최선을 다해 사랑하다 보면 혹여 그것을 찾는데 실패
한다 해도 행복한 순간들을 남을 테니까요.

## 0525 miaow

5월 25일 / 야옹

3년만에 영국 어학연수 시절 몇 달 간 머물렀던 집에 찾아가 보았습니다. 흐른 시
간이 무색하게 홈스테이 가족들은 저를 반갑게 맞아주었습니다. 지구 반대편에도
나를 생각하고 사랑해주는 사람이 있다는 걸 떠올릴 때면 마음이 따뜻해집니다.

# 0509 Donarium Cherry

5월 9일 / 겹벚꽃

중학교 때, 친구와 봄만 되면 이 나무 아래에서 떨어지는 벚꽃 잎을 잡으려 폴짝폴짝 뛰었습니다. 첫사랑이 이루어지길 간절히 원했거든요.

## 0419 Gerbera for you

4월 19일 / 거베라

결혼식에서 술에 취해 서로에게 기대어 가는 신혼부부의 모습이 끝이 살짝 구부러진 거베라를 닮았다 하여 신혼부부에게 거베라를 선물한다고 합니다.

## 0423 The crystal palace, Bath

4월 23일 / 바스의 노란 건물

여러 번 가본 여행지가 많지 않은데 바스라는 도시는 처음부터 사랑에 빠졌습니다. '목욕(Bath)'이라는 단어의 어원이 된 도시라 그런지 도시 곳곳을 산책하노라면 일렁이는 햇살이, 살랑대는 바람이, 졸졸대는 강물이 저를 포근하게 감싸주는 느낌이 듭니다.

## 0218 Commencement

2월 18일 / 끝은 또 다른 시작

Commencement라는 단어를 사전에 검색해보면 '시작'과 '졸업식'이라는 상반
된 뜻이 나옵니다. 끝은 또 다른 시작이라는 것이겠지요. 지금 어떤 일의 끝에 서
계신 분들, 당신의 새로운 시작을 응원합니다.

# 1119 "I love you."

11월 19일 / "사랑해."

포르투의 골목을 거닐다 찍은 사진입니다.
오늘이 가기 전에 사랑한다고 고백해보세요. 표현해야 시작됩니다.
사랑도, 행복도.

# <u>Photographer : 열여섯 번째</u>

# 장현호

오래된 사진 한 장을 꺼내보다 보면
그날의 공기와 그날의 순간이 하나하나 생생하게 떠오른다.

살다보면 점점 기억들이 흐려지지만
사진은 그 순간을 다시 생생히 기억하게 해준다.
마치 조용한 타임머신처럼...

내가 사진을 찍는 이유는
기록보다는 기억을 담고 싶었다.
지나간 시간은 되돌릴 수 없지만,
사진 속에는 그날의 감정이 남아 있으니까.

그래서 나는 특별한 날이 아니어도 카메라를 들고 다닌다.
평범한 하루도 언젠가는 소중한 기억이 되니까.

그렇게 하나씩 담아온
작고 조용한 순간들을 모았보았다.
이 책을 읽는 모든 분들의 기억에도
이 사진들이 오래 머물기를...

포토그래퍼 장현호 

@Jang.Photo

일본 가와구치코 야기자키 공원

## 〈첫 나홀로 여행〉

그날 찍은 사진을 꺼내보면
풍경보다 먼저 떠오르는 건
그곳을 바라보던 나의 모습이다.

처음으로 나 자신을 위해 떠났고,
그 순간을 담아낸 사진 속엔
말없이 웃고 있는 내가 있었다.

일본 가와구치코 거리

일본 도쿄 시부야 요코초

일본 도쿄 시부야

## 〈무계획〉

계획은 없었다.
그래서 더 기억에 남았는지도 모르겠다.

지금도 그 사진을 보면
그날의 온도와 빛, 그리고 냄새까지
사진을 보니 지금도 생생하게 떠오른다.

수원 화성행

## 〈첫 카메라〉

처음 카메라를 샀던 날이 떠올랐다.
잘 찍고 싶은 마음보다,
그저 좋아서,
그 순간을 남기고 싶어서 셔터를 눌렀던 날들.

그 사진들 속엔
어설픈 구도보다 진심이 더 많았고,
그래서 지금도 그때의 공기와 마음이 고스란히 떠오른다.

224

태안 만리포 해수욕장

화성 제부도 해수욕장

**PHOTOGRAPHER JANG HYUNHO**

제주도 상공

## 〈멈춰 선 순간들〉

카메라를 들지 않았다면
그냥 스쳐 지나갔을지도 모른다.
하지만 그날, 나는 멈춰 섰고
그 순간을 조용히 담아두었다.

지나간 하루를 데려다 주는
노을의 끝자락은
언제 봐도 참 따뜻하다.

**PHOTOGRAPHER JANG HYUNHO**

오늘의 기록은 이렇게 마무리되지만
앞으로도 소중한 순간들을
하나하나 기록으로 남기려고 한다.

지금 이 사진들이
누군가의 기억 속에도
오래 기억 되기를...

# Photographer : 열일곱 번째

# 지금 여기, 초승달 🌙

음력 초하루 즈음의 초저녁에
서쪽 하늘을 바라보면 손톱모양을 띄는 초승달이 나타납니다.

우리가 이 초승달을 볼 수 있는 때는
바로 해가 질 무렵, 아주 잠시동안 만날 수 있습니다.

햇빛이 온 세상을 밝게 비추던 시간은 점차 수평선 뒤로 가라앉고,
하루의 마무리가 다가옴을 알려주는 하늘빛과 초승달이
시작되는 일몰의 어느 저녁은

작가에게는 하루 중 가장 좋아하는 시간이며
"지금 여기" 오로지 카메라와 풍경에만 집중하는 순간입니다.

하늘이라는 거대한 도화지 위에
붉은 색, 푸른 색의 물감이 섞인 다채로운 장면을 찾아 떠났던
작가의 아름다운 기억을 공유합니다.

로켓타워 (강변테크노마트 하늘공원)

높은 곳에 올라서서 (인왕산 범바위)

바다 일몰 그리고 금빛 윤슬 (이호테우 해수욕장)

옥상에서 바라보다 (국립중앙박물관)

여름날의 퇴근길 (성수대교 구름다리)

노을 속 데이트 (수원화성)

파란 저녁의 분수쇼 (반포한강공원)

작은 마을의 밤 (감천문화마을)

해질녘 도시 풍경 (코리아나 호텔)

"지금 여기, 초승달 🌙"

@crescentmoon_v

**Photographer : 열여덟 번째**

# 츄르

지금 이 순간을 좋아해

2022 Dec ,  New Delhi India,  Leica TYP113

# 몽환의 묘

2022 Dec,  New Delhi India,  Leica TYP113

타지마할에 홀린 듯 빨려 들어가는 관광객들의 뒷모습에서, 스치 듯 앙리 까르띠에 브레송의 어떤 작품이 떠올랐다.

이 사진은 내게 큰 실망을 안겨줬다. 유독 심했던 이날의 미세먼지가 타지마할을 뿌옇게 가렸기 때문이다. 실패작이었다.

훗날 엽서로 만들 사진을 찾다가 이 작품과 재회했다. 당황스러웠다. 실패작이라고 단정 지었던 흐릿한 타지마할에서 몽환적인 매력이 풍겨왔기 때문이다.

이 사진은 내게 시간이 흘러야 완성되는 작품도 있다는 가르침을 준다.

# 어제 당근한 피아노 같은데?

2023 Feb,　Rome Italy,　Leica TYP113

남자는 이른 아침부터 엎드린 채 신께 기도를 올렸다.
지나가던 사람들은 기꺼이 그의 신이 되어주었다.

2023 Feb,　Prague Czech Republic,　Leica TYP113

Feb 2023, Rome Italy, Leica TYP113

# 프로 모델과 아마추어 사진가

2023 Apr, ? Poland, Leica TYP113

햇볕이 새어 들어오는 창문을 등지고 카메라를 향해 포즈를 취하던 그녀의 애티튜드는 가히 프로 모델의 그것이었다. 그에 반해 남자의 솜씨는 매우 엉성했다.

둘의 호흡은 단기간에 만들어진 게 아니라는 것 쯤은 가볍게 알 수 있었다. 모델은 조금씩 자세를 바꿨지만, 사진가는 별다른 변화를 감지하지 못하는 듯 보였다.

내 앞에 놓인 진동벨이 울리지 않았더라면, 사랑스러운 일상에 흠뻑 젖을 뻔 했다.

# #I Love NICE

2023 Apr,  Nice France,  Leica TYP113

　　니스의 바다는 모든 사진을 흑백으로 촬영하겠다는 나의 다짐을 가볍게 부숴버렸다. 명백한 아이덴티티를 확립하고 싶었다. 나만의 스타일을 찾는다는 건 무척 어려운 일이다.

　　에메랄드, 코발트, 사파이어 등 세상의 아름다운 모든 블루 계열의 색상을 끌어모든 듯한 이기적인 니스의 바다 앞에서 내가 할 수 있는 건 자신과 타협하는 것뿐이었다.

　　당신이라면 자신의 규칙을 평생 수호할 수 있는가? 자연이 필사적으로 뿜어대는 아름다움을 나로서는 감히 놓칠 용기가 나지 않았다.

# 새 카메라
# 첫 인물화

2021 Nov,  Seoul Korea,  Leica TYP113


　　스물아홉 살에 떠난 세계여행에서 자유로운 스트리트 포토그래 퍼가 되는 꿈을 꿨다. 예측할 수 없는 즐거운 에피소드를 기대하면서. 운이 좋다면 식사 한 끼 정도는 대접 받을 수 있지 않을까.

　　비록 영어의 장벽에 굴복하여 긁아버린 열정에 그쳤지만, 카메 라 상단에 새긴 삐뚤빼뚤한 내 이름이 순수했던 나의 용맹함을 변호 한다.

# 잘 마할의 가짜 공주

2022 Dec,  Jaipur India,  Leica TYP113

# 저기서 츄르 팔던데요?

2023 Jan,  Giza Egypt,  Leica TYP113

<u>**Photographer : 열아홉 번째**</u>

# 치키

# CHIKI : 치 키

사람이 삶이라는 생각으로
따스한 온기로 글을 그리고, 그림을 끄적이는
작가 CHIKI(치키) 입니다.

글과 그림, 사진에 따스함을 담아
나의 온기가 닿기를 바라는 마음으로
서툰 끄적임을 그리며 나아갑니다.

One's
내가
Favorite
좋아하는
— Gaze
시선
262

# C H I K I

수많은 순간 속에서
'이 순간만큼은'
언제나 바라보고 싶다는
마음이 담겨있습니다.


스쳐가는 모든 순간을
멈춰둘 수 없기에


오늘도 나는,
좋아하는 시선을
사진 속에 담아냅니다.

What do you think  The



loveliest





word of

temperature  is



What is it?

아날로그, 영화, 정사장, 술, 재즈, 그리고 당신.
Analog, film, Jong manager, alcohol, jazz, and you.

짙은 낭만에 대하여.
bout a deep romance.

당신의 오늘은 어떤 색깔인가요?

What color is your day today?

네가 나의 울림이 될 때.
When you become my echo.

# Photographer : 스무 번째

# 콘포르투

문화유산 관련 분야를 전공하던 내게
문화유산은 오랫동안 '바라보는 대상'이 아니라
'연구해야 할 대상'이었다.

사진을 좋아했지만,
카메라는 어느 순간 내 삶에서 멀어졌고
문화유산 역시 기록과 보존의 언어 속에만 남아 있었다.

다시 카메라를 들게 된 것은
의외로 아주 개인적인 이유에서였다.
지쳐 있던 나에게 아내가 조용히 사진을 권했다.

무엇을 찍을지 고민하던 끝에 다시 마주한 것은
결국 오래 알고 지내던 문화유산이었다.

이번에는 공부가 아니라
잠시 숨을 고르기 위해서였다.

[ 경복궁 광화문, 2025 ]

[구례 화엄사. 2024]

문화유산 앞에서는
서두르지 않아도 되는 시간이 흐른다.

그 속도에
나를 잠시 맞춰본다.

[경주 독락당. 2025]

처음에는 이 사진들을 누군가에게 보여줄 생각이 없었다.
그저 나에게 필요한 시간이었을 뿐이다.


그런데 생각보다
그 마음을 알아봐주시는 감사한 시선들이 있었다.


그 시선들 덕분에
나는 서두르지 않고 문화유산을 바라볼 수 있었다.

[순천 송광사. 2024]

이곳들은 사람이 떠난 자리가 아니라
사람의 시간이 겹겹이 남아 있는 곳이다.

그래서 풍경보다
그 안에 머물렀던 일상들이
더 오래 눈에 들어왔다.

[해남 대흥사. 2025]

예전에는 의미를 먼저 찾으려 했다.
설명할 수 있는 장면을 담고 싶었다.

하지만 이제는
느껴지는 만큼만 남기기로 했다.

[경복궁. 2025]

문화유산은 더 이상
나에게 과제가 아니다.

잠시 머물 수 있는
쉼의 공간이 되었다.

[창덕궁 후원. 2025]

사진을 찍는 동안
나는 설명하지 않아도 되는 사람이 된다.

그 시간만큼은
그저 바라보는 존재다.

이 순간들이 대단한 기록은 아닐지라도
나에게는 충분한 위로였다.


나는 문화유산을 통해
과거를 연구하고 싶었던 것이 아니라
현재를 견디고 싶었던 것인지도 모른다.


사진을 찍으며 마음은 조금씩 가라앉았고
이 순간들은 나를 다시 일상으로 데려다주었다.


이 사진들은
거창한 답사기도, 완전한 기록도 아니다.


다만
내가 지금 이 순간을 좋아하고 있다는
작은 고백에 가깝다.


그리고 그 마음이
누군가에게도 조용히 닿기를 바란다.

[안동 화회마을 하회별신굿탈놀이. 2023]

<u>**Photographer : 스물한 번째**</u>

# 평일

행복으로의 초대장을
찾고 싶어서 혹은 찾기 위해서
얼랑뚱땅 헐레벌떡 살아가는 중이며
좋아하는 것 사진 찍고 살려고 글 쓰는 사람

고정관념 고정관념 고정관념
관념 고정관념 고정관념
고정관념 고정관념 고정관
관념 고정관념 고
고정관념 고정관
관념 고정관념
고정관념
관념 고정관념

청소년기의 나는 서른이 닥치면 내 세상이 끝나리라 믿었다. 인터넷에서 흔히 볼 수 있는 종말 음모론이 실현될 수 있으리라 확신했다. 한 어른은 청소년의 나에게 '나이의 앞자리가 바뀌면 세상이 뒤집히고 그 이후의 시간은 불행이 될지 행운이 될지 모른다'고 했다. 당시 나는 그다지 긍정적이지 못했고 그 말 뜻은 시한부 선고와 동일했다. 그런 선고는 즉석 복권과 비슷했다. 안의 내용물은 알 수 없지만 손에 잡혀 존재하긴 하나 긁어서 확인하기 전까지 뭐가 나올지 모르는 불안감을 주는 복권.

수습할 틈도 없이 정수리에서 일련의 숫자가 솟아올랐다. 누가 봐도 서른까지 제한된 시간이었다. 숫자를 자각한 순간, 발갛게 달아오른 바늘이 목덜미 언저리에 깊게 찔리는 느낌이 났다. 두피부터 발바닥까지 퍼진 미세혈관이 매미 자석의 마찰음처럼 저릿했다. 주먹을 쥔 손가락 관절 사이가 축축해졌다. 동그랗게 오므리고 있던 주먹을 펴니 즉석 복권 한 장이 있었다. 나도 몰랐던 서른의 복권. 복권의 상단에는 '당신이 생존한다는 가정하에 서른이 되면 긁어야 함.'이라 적혀있었다. 하단은 '불행일지 행복일지 알 수 없음!'이란 경고문이 형광색 글씨로 박혀 있었다. 더 볼 것도 없었다. 바로 기억 속에서 지우기 위해 노력했다. 기억하지 않으려고, 의식하지 않으려고 했다.

14살부터 27살이 되기 전까지, 입으로 넣어야 삼켜야 할 낮과 밤을 기다렸다. 눈앞에 보이지 않는 몇 년 뒤의 색과 맛 그리고 형태까지 미리 상상했다. 수많은 시간을 먹으면서도 그 중 조합이 잘못된 하루가 내 숨을 마비시켜 삶을 정지시키지 않을까 두려워했다. 삼켜야 할 게 밤송이일지, 천혜향일지, 해파리일지, 오징어일지, 독버섯일지, 송이버섯일지, 알 수 없음에도 턱 근육이 부족한 사람처럼 입을 벌리고 기다렸다. 그러는 와중에도 내 손에 쥐어진 복권이 행운일지 불행일지를 쌉싸름한 궁금증을 침샘에 머금고 있었다.

　그렇게 많은 시간을 어떻게 살아야 할지 몰라서 손에 쥐어진 풍선처럼 살았다. 스물 일곱에서 여덟으로 넘어가던 해, 그 시기에 가족관계증명서에 기재된 사람들에게 아무런 말도 없이 집을 나왔다. 어쩌면 독립, 어쩌면 가출이었다. 중력을 찾기 위해 처음으로 발목에 묶인 실을 끊고 지면으로 추락했다. 누군가의 손에 이끌려 떠다니다 온전히 자의로 걸어야한다고 생각하니 두려웠다. 그렇다! 난 걷지도 못하는 겁쟁이 하수 운동 부족이었다! 위에서 봤을 때 다들 멀쩡하게 걸어 다녀서 나도 그렇게 할 수 있을 줄 알았는데 아니었다.

　가만히 앉아서 생각을 해보았다. 더 살아봤자 의미 있을까. 흠, 종말. 정말, 서른이 끝일 수도 있겠군. 잊고 있던 서른의 복권이 떠올랐다. 저주 같은 서른이 무슨 소용인가. 재난 같은 하루들을 꾸역꾸역 처먹어야 한다니. 그런 날을 먹는 건 청소년기에 종료되었어야 하는 거 아닌가? 변기를 붙잡고 그간 먹었던 시간을 토하려고 하면 연차 높은 변기 요정이 나타나서 구역질하는 면상이 못생겨서 안타깝다며 소원 하나 들어주려나.

　서른이고 뭐고 모르겠고, 이 복권도 사실은 시한폭탄일 수도 있다. 그래! 생각만 하지 말고 그냥 죽자! 그래, 사람은 갑자기 죽기도 하는데 죽기 전에 하고 싶은 거 좀 해보고 죽어야지. 언제 죽을지 모르는 이 몸! 하고 싶은 거는 해보자며 하고 싶은 것과 해야할 것을 몇 가지를 정했다. 하고 싶은 것 중 하나는 '카메라 사기'였다.

　고가의 카메라를 사고 싶은 게 소망이었으나 도달 가능한 금액대는 20만 원 미만이었다. 한 날 중고 거래 애플리케이션에 중고 카메라 10여 대를 일괄 판매한다는 글을 보고 득달같이 달려가 구매했다. 작동 여부도 알 수 없고 멀쩡해 보이지 않는 애매한 것들. 나 자신조차 애매한데 굳이 안 쓸 이유가 없었다. 그들을 안고 가기로 했다.

　애매한 존재들은 달마다 기대감을 가져다주었다. 어떤 카메라는 작동 안 될 거 같다가도 몇 개월 뒤에 갑자기 작동될 때도 있었다. 필름은 당장 확인할 수 없지만 어떻게 나올지 몰라서 기대감이 있었다. 다음번에는 뭘 쓸지 기대했던 그 감각. 그 애매한 존재들로 인해 도전하게 된 일들이 몇 개인가.

　2025년, 내가 사는 지역에 큰 산불이나 재난지역으로 선포된 적이 있다. 집에서 타면 안 되는 몇 가지를 챙겨서 나와야할 때, 계단을 오르면서 없어지면 아쉬운 것이 뭐가 있을지 고민했다. 집에 도착하자마자 가방에 전자기기를 챙기며 카메라 여러 대가 들은 박스를 챙겼다. 내가 다시 살 수 없는 건, 누군가의 손길이 한참 묻은 카메라들뿐이었다.

　며칠 후, 산불이 다른 지역으로 점점 옮겨가고 있었다. 죽을 정도는 아니었지만 계속 불안했다. 죽음이란 늘 언제 나에게 닥칠지 모르는 사고 같은 거였다. 삶이 안정되어 한참 잊고 있었던 생존과 죽음이 떠올랐다. 교제하던 사람에게서 살아남은 나의 생존, 좋아했던 사람들의 죽음. 가라앉아 있던 기억의 닻이 쇳소리를 울리며 수면 위로 올라오는 건 유쾌한 일이 아니었다.

산불이 거의 진압되었을 때, 집으로 돌아와 생존 물품과 카메라 박스를 정리했다. 살아가겠다는 내 마음이 얼마나 우스운지, 죽겠다 다짐했던 마음이 왜 그렇게 가벼운지. 그 전의 나는 왜 그렇게까지 살기 싫어했나? 왜 스물이 기대되지 않았나? 왜 서른이 닥치는 걸 이토록 두려워했을까? 집을 나오고 나서는 왜 그나마 살만해졌는지 고민했다. 어떻게 살아야할지 모른다는 언어를 '죽음'이라는 단어로 가볍게 회피하고 있었다. 안전함, 기대감, 자유로움, 누군가의 호의와 약속, 슬픔, 눈물, 솔직한 말, 믿음, 만족감, 분노, 내일의 약속 같은 것이 없었다. 사유를 찾으니 거름망에 걸러지듯, 죽을 이유는 줄어들었고 좀 더 살 이유는 번식하게 되었다.

2025년 12월, 서른이 되기 한 달 전이었다. 서른이 되면 혹은 되기 전에 죽겠다던 친구가 떠올랐다. 친구가 언제 죽을지 몰라 해마다 존재를 확인했던 심정으로 친구에게 전화를 걸었다. 운 좋게 친구와 약 한 시간 동안 서로의 근황을 얘기했고 다음의 시간을 약속하고 대화를 종료했다.

살짝 따듯해진 핸드폰을 손에 쥔 채로 벽에 머리를 기대어 눈을 감았다. 처음으로 떠오른 생각은 '살겠구나.'였다. 네가 서른까지 살 것도 없고 희망도 없으니 죽겠다는 말을 했는데. 드디어 넌 안 죽을 수도 있겠구나. 이제야 너는 그런 상황이 아니구나. 몇 년 뒤의 자신을 그리는구나. 너의 목소리를 안 들어도 안심할 시기가 왔구나. 너도, 나도, 우린 이제 죽음에 관한 생각이 어느 정도 줄겠구나. 언제 죽을지 모르니 각자 유서를 써서 지갑에 넣어두었던 그때도 지나갔구나. 힘든 건 상시 닥치겠지만 계속 살아가긴 하겠구나. 그래도 상조 보험은 들어야 하는데. 그러고 보니, 얘 상조는 들었나? 다음번에 물어봐야겠다. 떠오르는 말들을 솎아 모아 정리한 다음 불을 끄고 이불 속으로 꾸물럭 들어갔다.

　예상치 못한 2026년 1월, 그토록 무서워하던 서른이 되었다. 머리 위에 떠올라 있던 숫자와 서른의 복권은 2년 전부터 쳐다보고 있지도 않았다. 1월 1일로 넘어가는 시간에 여자 아이돌 그룹의 노래인 next level을 첫 곡으로 들었다. 해가 뜨기 전의 새벽에 나가 직사광선으로 쏟아지는 일출을 보았다. 어떻게 나올지 모르는 필름카메라로 떠오르는 해 사진을 찍었다. 해가 온전히 뜨고 난 후 바다가 보이는 편의점에 앉아 설익은 컵라면을 먹고 배부른 몸을 이끌어 집으로 돌아왔다. 따뜻한 전기장판 위에 몸을 포개어 선잠에 들었다. 팅팅 부은 금붕어 같은 얼굴로 일어나 해마다 억지로 먹어 체했던 떡국을 먹었다. 그간 먹었던 어떤 떡국보다 잘 삼켜졌다.

　누군가에게 행복이 뭐냐고 물었을 때, 불행하지 않은 순간이 행복이라 했다. 기억 한편에 아무렇게나 접어뒀던 즉석 복권을 마주했다. 아무렇지 않은 마음을 위해 몇 번의 제자리걸음을 했고 지금을 위해 몇 년을 기다리고 불안해했는가.


　문구는 그대로다. '당신이 생존한다는 가정하에 서른이 되면 무조건 한번은 긁어야 함.'과 '불행일지 행복일지 알 수 없음!' 지금 다시 보니 '뭐 어쩌라고' 싶다. 어찌 됐든 서른이 되면 긁어보기로 마음먹지 않았는가. 엄지 손톱을 세워 좌우로 박박 긁었다. 그 밑에는 '알 수 없음'이 적혀 있었다. 알 수 없음도 선택지였나? 씨X! 아니다, 욕할 거도 없다. 저주같던 복권도 이제 제 기능을 다했다. 적당히 불행하지 않게 사는 삶. 그게 행복일지도 모른다. 어떤 게 행복일지 어떤 게 나의 복권이 될지 그 형태를 아직도 짐작할 수 없다. 과거의 나에게 행복을 가져다준 것과 미래의 나에게 복권이 될 존재만 찾아가거나 기다릴 뿐이다.

　행복으로의 초대장은 날아온다. 초대장은 언제 날아올지 모른다. 책임 회피를 위한 것이 아니라 문자 그대로 언제가 될지 모른다. 초대장은 상시 갱신이 되고 어떤 시기에 도착할지 모른다. 인생에서 몇 번이나 그 초대장이 올지 알기 어렵다. 다만 초대장을 쥐고 오는 존재는 달라질 수 있다. 그 존재는 살아 숨 쉬는 사람이 될 수도, 털이 부숭하게 달린 어떤 생명체일 수도 있다. 아니면 엽록체 가득한 식물일지, 어떤 책의 문구일 수도, 매일 아침 마주하는 자신이 될지 모른다.

　나의 환대는 여기서 마무리해요. 길고 어지러웠을지언정, 내 행복으로 오기까지 과정은 그랬어요. 이제 다들 집에 가세요. 난 다음이라는 약속을 아주 좋아해요. 다음에 또 초대할게요. 당신의 초대장도 언젠가 소개해 주세요. 당신에게 도래할 행복으로의 초대장은 어떤 형태일까요. 어떤 색깔과 어떤 내용일까요. 당신에게 왔던 행복으로의 초대장도 다음에 얘기해주세요. 그러면서 나를 초대해 주세요. 나의 다음번이 될, 언젠가 나에게 올지 모르는 행복으로의 초대장을 주는 기대감이 되어줄 수 있나요. 다음에 당신 행복으로 초대해줘요!

　안녕!

<u>**Photographer : 스물두 번째**</u>

# 호광

안녕하세요.
하루의 마지막 빛을 담으며 마음의 쉼을 전하는 호광입니다.

여러분들은 매직아워를 좋아하시나요?
매직아워란 일몰이나 일출 30분 전 후 시간대로,
그림자가 거의 없고 짧지만 황홀하고 강렬한 시간대를 뜻합니다.

저는 도시에 살면서 반복 되는 삶 속에서 나다움을 잃고 사회에 스며들며 점차 색을 잃어가는 중이였습니다.

열심히 버티고 견뎌온 시간 속, 퇴근시간에 맞이한 노을을 보면 다시 색이 채워지고 힘듦을 잊게 해주었습니다.


모두가 다른길을 걸으며
누구에겐 행복이 가득한 하루고 누구에겐 그날은 최악의 하루였을지 모르지만
그날의 퇴근길이라는 같은 지점에 향하는 순간의 하늘은 오늘 하루 수고했다며 위로를 해주는듯 싶었습니다.

저는 이러한 하루의 마지막 빛을 담으며
치열하게 살아가며 색을 잃어가는 사람들에게 매직아워의 황홀함이 위로해주고 있다는 사실을 알리고 싶습니다.
이 시간대의 아름다움을 사진이란 매개체로 영원히 기억하고 싶고 같이 느끼고 싶어 사진을 찍고 인스타에 올리기 시작했습니다.

아직은 서툴지만 진심어린 저의 시선으로 담아낸 매직아워의 매력을
여러분들도 같이 느껴보셨으면 좋겠습니다.

아름다웠던 26년 1월 1일의 여명

여름과 가을의 사이

부천에서 제일 높은 건물에서 바라본 부천야경

김포공항의 저녁풍경

서울의 퇴근길

휘황찬란한 피크닉

각자의 빛이 모이는 시간은 블루의 의미도 아름답게 변한다.

푸르게 물드는 송도의 낭만

퇴근길에 모두가 만든 행운의 네잎클로버

어느 봄날의 강변역

흐린날의 낭만

벚꽃길의 블루아워

• 에필로그 (Epilogue)


찰칵.


책의 마지막 페이지를 넘기며
다시 한 번, 셔터를 누르던 순간을 떠올립니다.

스물두 명의 색깔은 한 권의 책 안에서 서로를 밀어내지 않고
겹쳐지지도 않은 채 나란히 빛났습니다.


" 지금 이 순간을 좋아해. "


어쩌면 그 말은 완벽한 오늘을 향한 고백이 아니라,
흔들리는 지금을 그래도 끌어안아 보겠다는 다짐이었을지도 모릅니다.

혹시 오늘이
마음에 들지 않는 날이라면
괜찮습니다.

필름도 어둠 속에서야
비로소 현상되니까요.

스물두 명의 색깔이 모여 만든 이 작은 앨범이
당신의 하루를 조금 더 다정하게 비춰주기를 바랍니다.

나는, 당신과 함께 하는
지금 이 순간을 좋아합니다.

**지금 이 순간을 좋아해**

초판 1쇄  2026.03.07

지 은 이 |
CHIKI, 그리니, 그린향기, 김동기, 김우영
김종훈,나녕,박근희, 박무비, 박화우담, 소소한 일상
cinnamoon_chunk, 아리, 오아시스, 오지우
유어파이, 장현호, 지금 여기,초승달
츄르, 콘포르투, 평일, 호광

출판총괄 | CHIKI
표지제작 | 최다솜
디 자 인 | CHIKI, 안승환

펴 낸 곳 | 혜화아트
주      소 | 서울 종로구 대학로 156, 혜화아트센터
전      화 | 02-747-6943
이 메 일 | ping370930@gmail.com

I S B N  | 979-11-997415-0-8 (03810)